Rito Asami

Who Saw the Peacock Dance in the Jungle?

1

Berater in rechtlichen Fragen:
Hiroshi Ichikawa
(Kanae International Law Office)

Berater in polizeilichen Fragen:
Riichiro Shiozawa
(Team Gosha)

INHALT

WIE, IN MEINEM ALTER? ICH BIN 21.

ICH HÄTTE NICHT GE- DACHT...

ACH, DANN BIST DU AUS DEM GRÖBSTEN WOHL SCHON RAUS.

... DASS DU IN DEINEM ALTER NOCH HIERHER- KOMMEN WÜR- DEST, KOMUGI.

HA HA HA

* RAMEN

MICH FREUT ES JEDENFALLS SEHR...

... MUSS ICH HIER ESSEN, SONST WERD ICH GANZ KRIBBELIG.

...

ICH WEISS AUCH NICHT, ABER EIN- MAL DIE WOCHE...

... DASS DU DEN WEIH- NACHTSABEND MIT DEINEM ALTEN HERRN VERBRINGST.

...

TJA, WAS SOLL ICH MACHEN?

IHNEN GEHEN DIE SORGEN NIE AUS, WAS, HERR YAMA- SHITA?

ICH BIN SCHON ETWAS BESORGT, DASS DU DICH AUF DEN FALSCHEN EINLAS- SEN KÖNNTEST.

HFFF

Kapitel 1: Ramen mit Paps

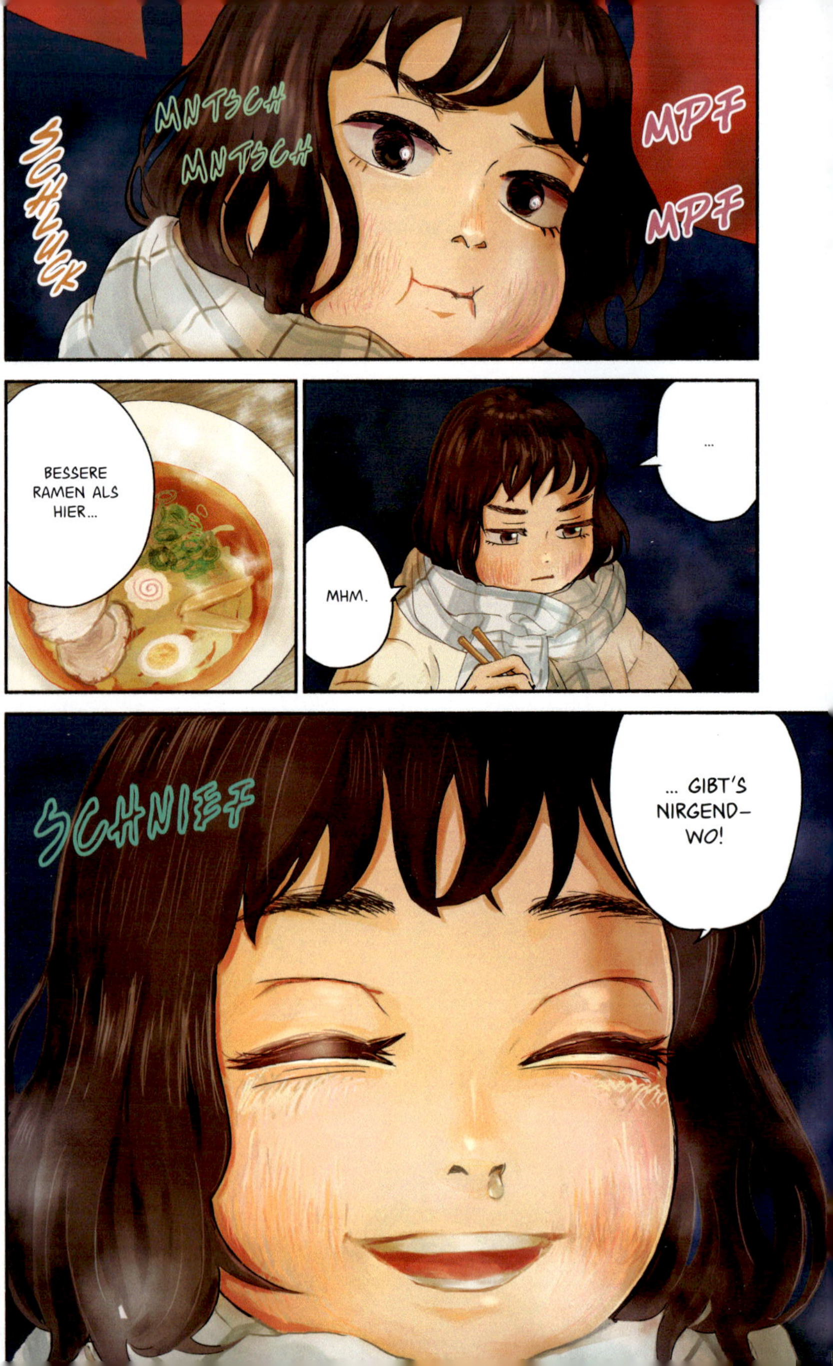

MNTSCH MNTSCH

SCHLÜÜR

MPF

MPF

BESSERE RAMEN ALS HIER...

...

MHM.

SCHNIEF

... GIBT'S NIRGEND–WO!

ACH JA...

OH!

WOLLTEST DU NICHT INS KINO? HAST DU NOCH ZEIT?

Schon so spät!

HA HA HA

DEINE NASE LÄUFT. IST DIR AUCH NICHT KALT?

NEIN.

DU MACHST DIR ECHT ZU VIELE SORGEN.

JAJA.

MELDE DICH, SOBALD DER FILM VORBEI IST. DANN HOLE ICH DICH MIT DEM AUTO AB.

UND NÄCHSTES MAL, WENN DU ALLEIN INS KINO WILLST, GEH BITTE AM NACHMITTAG.

* KINO

WIuu
WIuu
WIuu

WIuu
WIuu

RAUCH
?!

ES BRENNT
BEI UNS?!

MEIN VATER...

GEHT ES MEINEM VATER GUT?!

ICH WOHNE HIER UND...

E...

ENT-SCHUL-DIGEN SIE!

DIE ARME KOMUGI...

UND HARUO HÄTTE JETZT, WO ER ENDLICH BEI DER POLIZEI IN RENTE GEGANGEN IST, EIN SCHÖNES, RUHIGES LEBEN VERDIENT.

... NACHDEM SIE SCHON ALS KIND IHRE MUTTER VERLOREN HATTE.

SIE HAT JA SO LANGE ALLEIN MIT IHREM VATER GELEBT...

JA, GENAU.

... MIT GEFESSELTEN HÄNDEN UND FÜSSEN, ERHÄNGT AN EINER WENDELTREPPE, NICHT WAHR?

MAN FAND SECHS VON IHNEN...

JA.

DIE IN HIGASHIKAYAMA, VON DER ES ZUERST HIESS, DASS SIE SICH SELBST UMGEBRACHT HÄTTEN.

VERHAFTET HAT MAN DAFÜR DOCH DEN SOHN VON DEM MANN, DER DIESE FAMILIE ERMORDET HAT, ODER?

... NUR SO EINEN HASS AUF HARUO HABEN?

ABER WIE KANN MAN DESWEGEN...

ICH WAR WIRKLICH ERLEICHTERT, ALS ICH HÖRTE, DASS HARUO UND SEINE KOLLEGEN DEN TÄTER GEFASST HATTEN.

EINE SCHRECKLICHE SACHE WAR DAS DAMALS.

TSCHIRP
TSCHIRP

HERR AKAZAWA... UND TANTE NATSUMI.

HALLO, KOMUGI.

... OBWOHL ER MIT DEN ERMITTLUNGEN ALLE HÄNDE VOLL ZU TUN HAT.

DA BIST DU JA. HERR AKAZAWA HAT SICH EXTRA HERBEMÜHT...

MEIN AUFRICHTIGES BEILEID.

SIE WAREN MEINEM VATER ZEIT SEINES LEBENS...

NICHT DOCH, ICH BITTE DICH, SCHON GUT.

NEIN, ICH MUSS MICH BEI IHNEN BEDANKEN.

LASS ES MICH WISSEN, WENN ICH ETWAS FÜR DICH TUN KANN.

ICH HABE DEINEM VATER SO VIEL ZU VERDANKEN.

WIE GEHT ES DIR? DAS MUSS SICHER EIN SCHOCK GEWESEN SEIN.

NICHT ZU FASSEN, DASS ES DER SOHN DES TÄTERS IM HIGASHIKAYAMA-FALL WAR.

ES HÄTTE GENAUSO GUT MICH TREFFEN KÖNNEN.

ABER NUN, DA DER SCHULDIGE VERHAFTET IST, KANN ICH MICH RUHIGEN GEWIS-SENS VON HARUO VERABSCHIEDEN.

ES TUT MIR LEID, DASS SICH DIE TRAUERFEI-ER WEGEN DER AUTOPSIE SO VERZÖGERN MUSSTE.

NICHT DOCH. SIE WISSEN GAR NICHT, WIE VIELE VON UNS IN HA-RUOS SCHULD STEHEN.

IMMER-HIN GEHT ES JA BEI DEM FALL AUCH UM DAS ANSEHEN DER POLIZEI.

... IST VOR ALLEM HERRN AKAZAWA ZU VERDANKEN.

KOMUGI, DASS DER VERANT-WORTLICHE SO SCHNELL GE-FASST WERDEN KONNTE...

SIE SIND ZU BESCHEIDEN. MEIN BRUDER SAGTE IM-MER...

... DASS SIE DER BESTE ERMITTLER SEIEN, DEN ER JE GETROFFEN HABE, HERR AKAZAWA.

ICH WEISS, ES IST NICHT EINFACH, ABER DU MUSST JETZT NACH VORNE SCHAUEN.

HARUO WÜRDE BESTIMMT NICHT WOLLEN, DASS DU DEN KOPF HÄNGENLÄSST.

DU BRAUCHST DICH AUCH NICHT ZURÜCKZUHALTEN. WEINE RUHIG.

WIR SIND DEINE FAMILIE. DU KANNST IMMER ZU UNS KOMMEN.

JA, STIMMT. DU KOMMST BESTIMMT DRÜBER HINWEG.

ES HEISST DOCH, DIE GÖTTER ERLEGEN UNS KEINE PRÜFUNGEN AUF, DIE WIR NICHT MEISTERN KÖNNEN.

...

UND...

... BRINGT MEINEN VATER AUCH NICHT ZURÜCK.

ZU WEINEN ...

... OB ICH NACH VORNE SCHAUEN WERDE ODER NICHT.

... ICH ENTSCHEIDE SELBST...

HACH

...

WENN DU MEINST...

SIE WAR JA SCHON IM-MER UNGE-WÖHNLICH STUR.

WIRKLICH EIN QUER-KOPF, DAS KIND...

HARUO WAR DER EINZIGE, DEM SIE SICH GEÖFFNET HAT.

LÄCHEL

KAUM ZU GLAUBEN, DASS DU DIESEL-BE BIST, DIE SICH FRÜHER SCHÜCH-TERN HINTER IHREM VATER VERSTECKT HAT.

AUS DIR IST EINE STAR-KE JUNGE FRAU GE-WORDEN.

WIR WERDEN IM NAMEN DEINES VATERS DAFÜR SORGEN, DASS DER SCHULDIGE BEKOMMT...

... UND ICH WÜNSCHE MIR, DASS DIR DAS ERSPART BLEIBT.

ZUM GLÜCK!

... WAS ER VERDIENT!

DENN ICH HATTE SCHON MIT SO VIELEN OPFERN UND ANGEHÖRIGEN ZU TUN...

... DEREN LEBEN KOMPLETT ZERSTÖRT WURDE...

RUH DU DICH FÜRS ERSTE EINMAL AUS.

SOLLTE ES NEUE ENTWICKLUN- GEN GEBEN, ERFÄHRST DU ALS ERSTE DAVON.

NICK

... ZUM ERSTEN MAL AL- LEIN ZU LEBEN?

UND, KOMUGI? WIE IST ES SO...

DA BIN ICH, TANTE NATSUMI. WIR KÖN- NEN LOS.

Danke, gerne.

BISHER HATTEST DU DAS ALLES HARUO ÜBERLASSEN, NICHT WAHR?

Ich zeig dir ein paar einfache Rezepte.

JA.

OHO.

UND ICH WERD JETZT MAL VERSU- CHEN, ÖFTER SELBST ZU KOCHEN.

DER GANZE PAPIERKRAM IST ECHT NERVIG.

VIELLEICHT WERDE ICH MICH EINE WEILE UM DEINE FI-NANZEN KÜMMERN, KOMUGI.

NATÜR-LICH NUR VORÜBER-GEHEND.

ACH!

DA FÄLLT MIR EIN...

... DA IST JA NOCH DAS GELD AUS HARUOS LEBENS-VERSICHE-RUNG.

DAS WIRD DAS BESTE SEIN. DU KANNST DICH SO DANN GANZ AUF DEIN STUDIUM KONZENTRIEREN.

ABER DAS BESPRECHEN WIR EIN ANDERMAL GENAUER.

NICHT WAHR, KOMUGI?

IN WELCHER FORM AUCH IMMER, WIR SIND SCHLIESS-LICH EINE FAMILIE.

KVICK

HACH...

BIN ICH FERTIG.

TUT MIR LEID, PAPS...

... DASS DU MIT DIESEM KLAPPTISCH VORLIEB-NEHMEN MUSST.

DAS IST DAS EINZIGE BILD, DAS ICH VON IHM HAB.

WAR TANTE NATSUMI SCHON IMMER SO?

PAPS...

OB ICH IM HAUS VIELLEICHT NOCH WELCHE FINDE?

IM AUSGEBRANNTEN GEBÄUDE FAND DIE POLIZEI DIE LEICHE VON HARUO YAMASHITA UND NAHM INFOLGE DER ERMITTLUNGEN...

... IM HAUS EIN BRAND AUSBRACH.

POLIZIST BEI VERSTORBEN ACHT AUF DSTIFTUNG

BILDER VOM TATORT

... DEN IN DER NÄHE WOHNENDEN TOMOYA ENDO WEGEN VERDACHTS AUF BRANDSTIFTUNG FEST.

EX-POLIZIST BEI BRAND VERSTORBEN VERDACHT AUF BRANDSTIFTUNG

FESTGENOMMEN

DER TATVERDÄCHTIGE TOMOYA ENDO (33)

DER TAT-VERDÄCHTIGE ENTPUPPTE SICH ALS DER SOHN VON RIKIRO ENDO ...

... DER IM FALL HIGASHI-KAYAMA, BEI DEM SECHS MITGLIEDER EINER FAMILIE ERMORDET WUR-DEN, ZUM TODE VERURTEILT WURDE.

PYTT

DIE POLIZEI ...

AM 7. JULI 2000
EREIGNETE
SICH IN HIGA-
SHIKAYAMA
EIN BIZARRER
VORFALL.

HI...

...GA...

...SHI...

AH,
DA IST ES
SCHON.

INSGESAMT SECHS
PERSONEN, YASUNARI
HAYASHIKAWA UND
DESSEN FRAU, IHR
SOHN UND IHRE ÄL-
TESTE TOCHTER, DIE
DIE GRUNDSCHULE
BESUCHTEN, SOWIE
YASUNARIS ELTERN,
WELCHE EBENFALLS
IM HAUS LEBTEN,
VERLOREN IHR LEBEN.

EIN
UNBEKANNTER
ERMORDETE DIE
IN DER GEGEND
BEKANNTE
WOHLHABENDE
FAMILIE HAYA-
SHIKAWA.

DIE DAMALS ERST
SECHS MONATE ALTE
JÜNGSTE TOCHTER
DER HAYASHIKAWAS
BLIEB WOHL VER-
SCHONT, DA SIE SICH
ZUM TATZEITPUNKT
IN EINEM ANDEREN
ZIMMER BEFAND.

NACH ENTSPRE-
CHENDEN ERMITT-
LUNGEN NAHM
DIE POLIZEI DEN IN
DER NÄHE LEBEN-
DEN RIKIRO ENDO
(DAMALS 40 JAHRE)
FEST, DER DIE
LEICHEN DER FAMI-
LIE ALS ERSTER
ENTDECKTE.

DIE ERMORDETE FAMILIE
HAYASHIKAWA

ES STELLTE SICH HERAUS, DASS ENDO YASUNARI EINE BETRÄCHTLICHE GELDSUMME SCHULDETE.

AUS UNBEKANNTEM GRUND WAR ER DER ÜBERZEUGUNG, DASS DIE FAMILIE DIES VERBREITET UND IHN DAMIT IN UNGNADE GEBRACHT HÄTTE, WESHALB ER MORD-GEDANKEN ENTWI-CKELTE, DIE IHN SCHLIESSLICH ZU DER TAT TRIEBEN.

MAN NIMMT AN, DASS ER YASUNARI, DER ALS LETZTER ÜBRIG BLIEB, DAZU NÖTIGTE, IHM ZU HELFEN, DIE LEI-CHEN DER ANDEREN AN DER TREPPE AUFZUHÄNGEN.

... WORAUFHIN ER NACHEINAN-DER YASUNARIS ELTERN, SEINE EHEFRAU UND DIE KINDER ERWÜRGTE.

ER ZWANG ZUNÄCHST DAS EHEPAAR HAYA-SHIKAWA, ALLEN ANDEREN HÄNDE UND FÜSSE ZU FESSELN...

YASUNARI SELBST WURDE EBENFALLS AM TREPPENGE-LÄNDER ER-HÄNGT AUF-GEFUNDEN.

WARNUNG: VERSTÖRENDE INHALTE

IN DEM FALL...

... HAT PAPS ERMITTELT?!

AN DIE ÖFFENTLICHKEIT
GELANGTE FOTOS VOM TATORT
(VERMUTLICH VON NACHBARN AUFGENOMMEN)

TUT MIR
DER KOPF
WEH...

WAS IST
DENN? BIST
DU WIEDER
IRGENDWO
ANGESTOS-
SEN?

HM?

PAPAAA!

... DASS ICH NICHT LÄNGER BEI DIR SEIN KANN.

ES TUT MIR LEID...

PAPS...

ACH...

ICH GLAUB, ICH GEH RAMEN ESSEN.

* RAMEN

....!

AH, EINEN SCHÖNEN GUTEN ...

GEHT'S DIR GUT?!

ICH HAB'S AUS DEN NACHRICHTEN ERFAHREN...!

KOMUGI!

KOMM, SETZ DICH, SETZ DICH!

ICH MACH DIR GLEICH EINE SCHÜSSEL.

ICH HAB SCHON AUF DEM HANDY DEINES VATERS ANGERUFEN, ABER DA GING NIEMAND RAN.

EIN GLÜCK, DASS DU DA BIST. ICH MUSS DIR NÄMLICH WAS GEBEN.

!

DEIN VATER IST AN HEILIGABEND, NACHDEM DU INS KINO BIST, NOCH ETWAS GEBLIEBEN UND HAT EINEN BRIEF ODER SO GESCHRIEBEN.

ER HAT DANN JEDENFALLS EINEN UMSCHLAG BEI MIR GELASSEN...

WENN DU NICHT AUFGETAUCHT WÄRST, HÄTTE ICH IHN ZUR POLIZEI GEBRACHT.

DU MUSST WISSEN, ICH WAR MAL IM GEFÄNGNIS. UND DEIN VATER HAT SICH DAMALS SEHR FÜR MICH EINGESETZT.

ICH HAB DIR NIE DAVON ERZÄHLT, WEIL ICH DIR KEINE ANGST MACHEN WOLLTE.

Hier, bitte.

JA. UND ICH BIN IHM WIRKLICH WAS SCHULDIG.

DAHER KANNTEN SIE MEINEN VATER ALSO BESSER?

HM, KOMISCH.

...

SLRP

AH, DA IST ER JA!

NEIN, WIESO?

HABEN SIE IRGENDWAS AM IHREM SUPPENREZEPT VERÄNDERT?

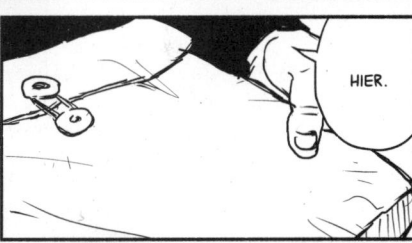

HIER.

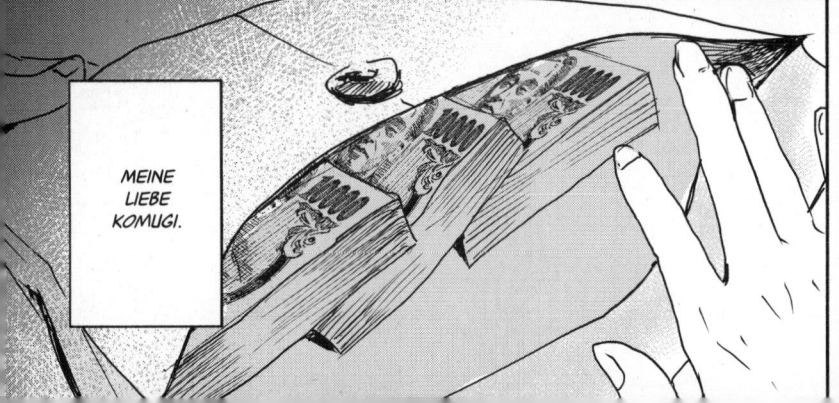

MEINE LIEBE KOMUGI.

DU WIRST SICHER SEHR ÜBERRASCHT SEIN, AUF EIN- MAL 3 MIO. YEN* IN DER HAND ZU HALTEN.

WAS...?!

* CA. 20.000 EURO

TUT MIR LEID!

ALLERDINGS SAGE ICH DIR GLEICH, DASS DAS GELD LEIDER NICHT FÜR DICH GEDACHT IST.

UND ICH MUSS MICH FÜR NOCH ETWAS ENT- SCHULDIGEN.

So viel Geld...

... war da- drin?

ICH LASSE DIESEN BRIEF BEI HERRN SOMEDA VOM RAMEN-STAND, SOBALD ICH DAMIT FERTIG BIN.

DOCH ICH MUSS DIR NUN GESTEHEN, DASS ICH IN DEM MOMENT...

... EIGENTLICH NÜCHTERN WAR. NICHTS FÜR UNGUT!

UND ICH...

ALS DU IN DER 3. KLASSE WARST, HAST DU FÜR DEINEN ERSTEN GROSSEN SCHWARM SCHOKOLADE ZUM VALENTINSTAG VORBEREITET.

HOPPLAAA!

... HABE SIE DAMALS IM SUFF MIT DEM ELLENBOGEN RUINIERT.

WAS SOLL DENN DAS JETZT?!

... DACHTE ICH MIR HÄMISCH: »ABER DU HAST SICHER KEINE TOCHTER, DIE MIT DIR RAMEN ESSEN GEHT, ODER?«

JEDES MAL WENN ICH MIR BEI DER ARBEIT WIEDER IRGENDWAS ANHÖREN MUSSTE...

ICH WAR ÜBERGLÜCKLICH, DASS DU AUCH IMMER NOCH MIT MIR RAMEN ESSEN GEGANGEN BIST, ALS DU SCHON ÄLTER WARST.

DU WARST
IMMER MEIN
SONNENSCHEIN.

ZU LEBEN HEISST
ZU LIEBEN. DAS
HABE ICH DURCH
DICH GELERNT.

* EINSCHULUNGSFEIER

DICH IN
DIESE SACHE
ZU VERWI-
CKELN KÖNNTE
DICH SEHR
VERLETZEN.

DU WÄRST
IN ZUKUNFT
WOMÖGLICH
GLÜCKLICHER,
WENN ICH DIESE
ZEILEN NICHT
SCHREIBEN
WÜRDE.

ICH HABE
LANGE HIN
UND HER
ÜBERLEGT, OB
ICH DIESEN
BRIEF WIRKLICH
SCHREIBEN
SOLL.

...
DASS
ICH...

... NÄMLICH
EINEM MORD
ZUM OPFER
FALLE...

... DER
SCHLIMMSTE
FALL EINTRETEN,
DEN ICH MIR
VORSTELLEN
KANN...

SOLLTE
JEDOCH...

ER HAT GEAHNT, DASS ER UMGE-BRACHT WIRD?!

DAS GIBT'S NICHT!

... UND EINE DER FOLGENDEN PERSONEN VERHAFTET UND ANGEKLAGT WIRD...

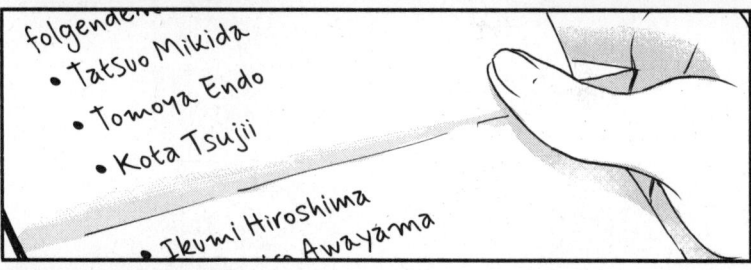

... DANN WIRD DIESE PERSON ZU UNRECHT BESCHULDIGT.

FALLS JEMAND, DER AUF DIESER LISTE STEHT, BETROFFEN SEIN SOLLTE ...

... SIEH DAS GELD GERN ALS STUDIEN-BEIHILFE.

WENN DU SIE NICHT DAFÜR NUTZEN MUSST...

DIE DREI MILLIONEN HABE ICH ZU DIESEM ZWECK BEIGELEGT.

... WENDE DICH BITTE AN DEN FOLGENDEN ANWALT UND BITTE IHN, DIESE PERSON ZU VERTEIDIGEN.

ICH WILL NICHT WEITER INS DETAIL GEHEN...

ÜBERLASS ALLES WEITERE BITTE DEN PROFIS.

... WEIL ICH ANGST HABE, DICH IN GEFAHR ZU BRINGEN.

BITTE VERZEIH DEINEM ALTEN HERRN DAFÜR.

AUCH WENN SICH LETZTLICH NICHT ÄNDERN LÄSST, DASS ICH TOT SEIN WERDE...

EINES NOCH ZUM SCHLUSS: ES WAR MIR IMMER ZU PEINLICH, ES LAUT AUSZU- SPRECHEN...

MIR BLEIBT DAHER NICHTS ANDERES ÜBRIG, ALS DICH UM HILFE ZU BITTEN.

... SOLL NIEMAND WEGEN EINER TAT BESTRAFT WERDEN, DIE ER NICHT BEGANGEN HAT.

... DOCH WAS AUCH KOMMT: DU BIST UND BLEIBST MEINE TOCHTER UND MEIN GANZER STOLZ.
DANKE, DASS DU IMMER MIT MIR RAMEN ESSEN GEGANGEN BIST.
DEIN PAPS.
K...
KOMUGI ...?
SOLL DAS HEISSEN, ES WAR GAR NICHT DIESER TOMOYA ENDO...
... DER MEINEN VATER UM-GEBRACHT HAT?!

Kapitel 2: **Der Brief**

DANN WAR ES ALSO GAR NICHT...

... DIESER TOMOYA ENDO?

ende dich bitte an
tehendem Anwalt u
iese Person zu ver

Yoshiteru Mats

DAS HEISST, DER WAHRE TÄTER IST JEMAND ANDERS?

YOSHITERU MA

MATSUMOTO   MAEDA   MATSUDA

☆123   ABC   DEF

JKL

YOSHITERU MATSU-KAZE?

DEN HAT PAPS NOCH NIE ER-WÄHNT.

ANWALTSKANZLEI HASAMI & MATSUKAZE

RECHTSANWALT

YOSHITERU MATSUKAZE

DA HÄTTEN WIR IHN.

VIELLEICHT FINDE ICH MEHR RAUS, WENN ICH MIT IHM REDE.

HMHMHM HMM

TASCHEN

KRRRNN

WPP

Innerhalb von 0,05 Sekunden

...

STRAMM

DU BIST DIE TOCHTER DES EX-POLIZISTEN, DER VOR KURZEM AUF GRUND DIESER BRANDSTIFTUNG UMS LEBEN KAM?

BITTE?

SIE WURDEN VON MEINEM VATER IN EINEM BRIEF ER-WÄHNT...

JA, SO IST ES.

Oh!

... DARUM DACHTE ICH, SIE WÜSSTEN VIELLEICHT GENAUERES.

... FÜR DIE DER SOHN DES VERURTEILTEN IM FALL HIGASHIKA-YAMA VERHAFTET WURDE?

ÄHM...

GUCK

GUCK

DAS IST DER BRIEF MEINES VATERS.

FLAPP

DARF ICH FRAGEN, IN WELCHER BEZIEHUNG SIE ZU IHM STANDEN, HERR RECHTSANWALT?

GRUSELIG ...!

WOHER HÄTTE ER MICH KENNEN SOLLEN?

UM EHRLICH ZU SEIN, SAGT MIR NICHT EINMAL SEIN NAME ETWAS.

DAS HEISST ...

... SIE HABEN MEINEN VATER, HARUO YAMASHITA, NOCH NIE GETROFFEN?

MEINEN SIE, ER HAT EINFACH DEN NAMEN IRGENDEINES RENOMMIERTEN STRAFVERTEIDIGERS NOTIERT?

NICHT DASS ICH WÜSSTE.

NEIN.

DURCHAUS MÖGLICH.

MICH WÜRDE ALLERDINGS INTERESSIEREN...

... OB DU DIR WIRKLICH SICHER BIST, DASS DEIN VATER DIESEN BRIEF SELBST VERFASST HAT.

UND VON DER SACHE MIT DER SCHOKOLADE WUSSTEN AUCH NUR ER UND ICH.

JA, DAS IST DEFINITIV SEINE HANDSCHRIFT!

ABER WOZU?

IST DER BRIEF ALSO ECHT?

ODER HAT SIE IHN GEFÄLSCHT?

ÄHM...

JA.

... UND MÖCHTE, DASS ICH DEN MUTMASSLICHEN TÄTER VERTEIDIGE?

... VERSTEHE ICH ES RICHTIG, DASS ER DIE ANWALTSKOSTEN TRÄGT...

NUN...

DAS WIRD JA IMMER GRUSELIGER!

... WÄREN SIE DENN BEREIT...

... DIESEN TOMOYA ENDO ZU VERTEIDIGEN?

ABER ER IST KEIN MENSCH, DER ANDERE BELÜGEN ODER HINTERGEHEN WÜRDE.

ICH BIN MIR ZIEMLICH SICHER, DASS MEIN VATER MIR ETWAS VERHEIMLICHT.

GLAUBST DU, DASS TOMOYA ENDO ZU UNRECHT BESCHULDIGT WIRD?

WIE STEHST DU DAZU?

NATÜRLICH WÜRDE ICH SIE DAFÜR BEZAHLEN.

ABER LEIDER KANN ICH IHN NUN MAL NICHT PERSÖNLICH FRAGEN.

ICH WEISS ES EHRLICH GESAGT NICHT.

HIER... SIND DREI MILLIONEN YEN.

FALLS DAS NICHT REICHEN SOLLTE, HABE ICH AUCH NOCH DAS GELD, DAS MIR MEIN VATER HINTERLASSEN HAT.

ICH MUSS LEIDER ABLEHNEN.

FÜR DEN MUTMASSLICHEN MÖRDER DEINES VATERS FÜR EINE SOLCHE SUMME...

... EINEN ANWALT ZU ENGAGIEREN IST VON AUSSEN BETRACHTET SCHON RECHT SELTSAM.

DOCH WAS, WENN ER ES TATSÄCHLICH GEWESEN IST?

DEIN VATER MAG BEHAUPTEN, DASS ENDO UNSCHULDIG IST.

DU HAT-
TEST DOCH
HOFFENTLICH
NICHT VOR...

DER VERDACHT
LIEGT NAHE, DASS
DA MEHR DAHIN-
TERSTECKT.

... MICH
ALS SEINEN
ANWALT ZU
ENGAGIEREN
...

... UND ICH
IHM DANN MIT
MEINER VERTEI-
DIGUNG SCHADE,
ODER?

... DAMIT DU
EINFLUSS AUF
MICH NEHMEN
KANNST...

... ABER VIELLEICHT SOLLTEST DU DIR ERST MAL ETWAS RUHE UND SCHLAF GÖNNEN.

ICH WEISS NICHT, WAS GENAU DU VORHAST...

SIE GLAUBEN ALSO, ICH SCHWINDLE IHNEN MIT DEM BRIEF ETWAS VOR.

GUT, DANN WERDE ICH SIE NICHT LÄNGER BEHELLIGEN.

ICH BEREUE ES...

Du gehst?

... SIE AUCH NUR EIN EINZIGES MAL ALS RECHTSANWALT BEZEICHNET ZU HABEN!

ICH HÄTTE MIR JEDE HÖFLICHKEIT SPAREN KÖNNEN!

Ist mir doch so was von egal, wie die mich nennt.

KLACK

HAAACH...

...

BWAMM

DARF ICH FÜR HEUTE SCHLUSS MACHEN?

NÖ, VERGISS ES.

MISTKERL.

Matsukazes Freund aus Kindertagen. Sie betreiben die Kanzlei gemeinsam.

Den letzten Teil hab ich mitbekommen.

KANN'S SEIN, TERU, DASS DU HEUTE SCHON AM VORMITTAG MIT DEN NERVEN AM ENDE BIST?

... WAS ES DA ZU GRINSEN GIBT, HASAMI.

ERKLÄR DU MIR MAL...

62

SOLCHE REZENSIONEN SIND MIR IN MEINEM BERUF HERZLICH EGAL.

MIR ABER NICHT.

ANONYM

★☆☆☆☆ VOR E...

NICHT MAL EINEN STERN WERT. WOLLTE MIR NICHT ZUHÖREN UND WAR SEHR UNSENSIBEL!

... BESTIMMT EINE SEHR SCHLECHTE REZENSION BEI GOOGLE KRIEGEN.

DEINET-WEGEN WERDEN WIR...

U F F

ICH MEINE, IST JA NICHT GERADE SO, ALS HÄTTEST DU SCHON MAL IN EINEM FALL MIT MEDIENAUFMERK-SAMKEIT GLORREICH EINEN FREISPRUCH ERRUNGEN ODER SO.

ICH FRAGE MICH ALLER-DINGS, WIE SIE AUF DICH GESTOSSEN IST.

MEINST DU, ABZU-LEHNEN WAR WIRKLICH DIE RICHTIGE ENTSCHEI-DUNG?

TROTZDEM SCHIEN SIE UNBEDINGT DICH DAFÜR ENGAGIEREN ZU WOL-LEN...

TJA, KEINE AHNUNG.

UND DIESE SACHE WAR MIR EINDEUTIG SUSPEKT.

NEIN, SELBST ICH LEHNE MAL AB.

ICH HATTE EHRLICHERWEISE DEN EINDRUCK, DASS DU JEDE ART VON FALL ANNEHMEN WÜRDEST.

... DAMALS HAST DU DOCH IMMER WIEDER ZU MIR GESAGT...

AHA? ABER ICH MEINE...

... SELBST WENN ES IM NACHHINEIN VIELLEICHT NICHT DAS BESTE WAR, WAS MAN HÄTTE TUN KÖNNEN.

... DASS ES AUF JEDEN FALL BESSER SEI, EINEN AUFTRAG ANZUNEHMEN, ALS WEGZUSCHAUEN...

JA, DEINE WORTE.

DAS HAB ICH GESAGT?

NA, JEDEN- FALLS...

... AUF 'NE GESCHMEIDI- GE PARTIE!

HM?

HARUO YAMA- SHITA.

TACK

GLUCK

DAS SAGT ER STÄNDIG, ABER ICH KAPIER'S NICHT.

Was soll das heißen, »geschmeidige Partie«?!

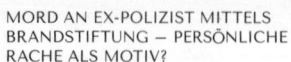

MORD AN EX-POLIZIST MITTELS BRANDSTIFTUNG — PERSÖNLICHE RACHE ALS MOTIV?

DAS OPFER HARUO YAMASHITA

NEIN, DEN KENNE ICH ECHT NICHT.

...

DANKE, DASS DU GEKOMMEN BIST.

GESTRIGE UNFÄLLE

VERSTORBENE 0

VERLETZTE 5

VERSTORBENE 0

VERLETZTE 1

POLIZEI HIGASHIKAYAMA

POLICE

WIR MÜSSEN ZUR SICHERHEIT LEIDER ERNEUT ALLE BEFRAGEN.

HM?

DU WIRKST ERSCHÖPFT. IST ALLES IN ORDNUNG?

...

ES WAR ALLES NUR EIN WENIG VIEL FÜR MICH.

JA, TUT MIR LEID.

... AUS RACHE ERMORDET WORDEN SEIN SOLL.

... IN DEN NACHRICHTEN HEISST ES, DASS MEIN VATER...

SAGEN SIE...

DAS IST ÜBER ZWANZIG JAHRE HER. WARUM TRAF ES MEINEN VATER JETZT, NACH ALL DER ZEIT?

SIE HABEN DAMALS MIT IHM ZUSAMMEN DEN HIGASHIKA-YAMA-MÖRDER ÜBERFÜHRT.

JA.

... DASS TOMOYA ENDO NACH WIE VOR JEGLICHE AUSSAGE VERWEIGERT.

ICH NEHME AN, DU WEISST AUS DEN MEDIEN BEREITS...

... DENN EINIGES DAVON IST NUR MEINE MUTMAS-SUNG.

WAS ICH DIR JETZT SAGE, MUSS UNTER UNS BLEIBEN...

DIE SECHS OPFER AUS DER FAMILIE HAYASHI-KAWA...

ES WAR EIN UN-HEIMLICHER ANBLICK.

... WAREN, AN HÄNDEN UND FÜSSEN GEFES-SELT, AM GE-LÄNDER DER WENDELTREPPE AUFGEHÄNGT WORDEN.

DIESE GAB ER IN SEINER ZEUGENAUS-SAGE PREIS.

AUSSCHLAG-GEBEND FÜR DIE VERHAFTUNG WAR, DASS RIKIRO ÜBER INFORMATIONEN VERFÜGTE, VON DENEN NUR DER TÄTER WISSEN KONNTE.

ER LEBTE NICHT UNWEIT DES ANWESENS DER OPFER UND WAR DERJENI-GE, DER DEN LEICHENFUND MELDETE.

FÜR DIE TAT VERHAFTETEN WIR DEN DA-MALS VIERZIG JAHRE ALTEN RIKIRO ENDO.

ZUDEM HATTE ER AUCH EIN MOTIV, NÄMLICH DIE ENORMEN SCHULDEN BEI YASUNARI HAYA-SHIKAWA.

... DA TOMOYAS MUTTER DIE BEIDEN SCHON VOR LANGEM VERLASSEN HATTE UND SIE KEINE ANDEREN VER-WANDTEN HATTEN.

NACH SEINER FESTNAHME KAM ENDOS SOHN, TOMOYA, INS HEIM...

WAHRSCHEINLICH INFOLGE DIESER BELASTUNG VERSUCHTE ER DAMALS, DAS HEIM IN BRAND ZU STECKEN. DAS KLEINE FEUER KONNTE GLÜCKLICHERWEISE RECHTZEITIG GELÖSCHT WERDEN.

WIE ICH SPÄTER ERFUHR, WURDE TOMOYA DORT OFFENBAR ÜBEL SCHIKANIERT.

AB DIESEM ZEITPUNKT WURDE IHM DAS ZÜNDELN WOHL ZUR GEWOHNHEIT...

VERLETZT WURDE ZUM GLÜCK NIEMAND, DOCH TOMOYA VERURTEILTE MAN ZU ZEHN JAHREN HAFT.

... WORAUFHIN ER ZUM ZWEITEN MAL EINEN BRAND LEGTE. DIESMAL IM HAUS SEINES VORGESETZTEN.

ER VERLIESS DAS HEIM LETZTLICH UND FAND ARBEIT, DOCH ER HATTE SCHWIERIGKEITEN, SICH IN SEINEM ARBEITSUMFELD EINZULEBEN...

ER WURDE ERST VOR KURZEM ENTLASSEN.

MAN WÜRDE NORMALERWEISE ANNEHMEN, DASS TOMOYA DIE VERBRECHEN SEINES VATERS FÜR SEINE UNGERECHTE BEHANDLUNG VERANTWORTLICH GEMACHT HÄTTE. DOCH AUS IRGENDEINEM GRUND...

... DASS SIE SICH DURCH EINE VERZERRTE WAHRNEHMUNG ZU RECHTFERTIGEN VERSUCHEN.

ES KOMMT BEI VERBRECHERN NICHT SELTEN VOR...

SO RICHTETE SICH SEINE WUT GEGEN HARUO, EINE DER SCHLÜSSELFIGUREN BEI DEN ERMITTLUNGEN GEGEN SEINEN VATER.

... GLAUBTE ER STATTDESSEN, ES SEI DIE SCHULD DER POLIZEI, DIE SEINEM VATER DIE TAT ANGEBLICH IN DIE SCHUHE GESCHOBEN HÄTTE.

SEIN GRAUSAMES UMFELD DÜRFTE IHN WOHL DAZU GEBRACHT HABEN.

ENDO ZUM TODE VER

VERMUTLICH WAR ER VON KINDESBEINEN AN DAVON ÜBERZEUGT, DASS SEIN VATER ZU UNRECHT BESCHULDIGT WORDEN SEI.

... DEN MORD AN DEINEM VATER, DEN ER VÖLLIG ZU UNRECHT HASSTE.

UND DANN VERÜBTE ER SCHLIESSLICH AM WEIHNACHTS- ABEND...

SEIN SOHN MUSS DIESEN TAG MIT ABSICHT GEWÄHLT HABEN.

AUCH DAMALS WAR ES EIN HEILIGABEND, ALS RIKIRO ENDO VERHAF- TET WURDE.

HÄTTEN WIR ES DOCH NUR FRÜHER HERAUSGEFUNDEN... ES TUT MIR SO LEID, KOMUGI...

VERMUTLICH PLANTE ER GLEICH NACH SEINER ENTLASSUNG, EINEN DER BETEILIGTEN ZU ERMORDEN.

WIR WISSEN AUS DEM SUCHVERLAUF SEINES SMARTPHONES, DASS ER NACH INFORMATIONEN ZU ALLEN MÖGLICHEN PERSONEN, DIE MIT DEM FALL HIGASHIKAYAMA ZU TUN HATTEN, GESUCHT HAT, VON ERMITTLERN BIS HIN ZU STAATSANWÄLTEN UND RICHTERN.

ICH ÄRGERE MICH SO FURCHTBAR ÜBER MICH SELBST!

... SO UNENDLICH LEID!

KÖNNTE ES SEIN, DASS ER DESWEGEN NICHT REDEN WILL?

... WENN ER ES VIELLEICHT GAR NICHT GEWESEN IST?

ABER WAS...

ES BESTEHT KEIN ZWEIFEL, DASS TOMOYA ENDO DER TÄTER IST.

WAS...? WIE KOMMST DU DENN AUF DIESE IDEE?

WIR HABEN ÜBERWACHUNGS- AUFNAHMEN, DIE IHN ETWA ZUR TATZEIT IN DER NÄHE DES TATORTS ZEIGEN.

AUCH OHNE SEIN GESTÄNDNIS HABEN WIR AUS- REICHEND BEWEISE, UM ANKLAGE GEGEN IHN ZU ERHEBEN.

AUSSER- DEM WISSEN WIR, DASS ER PETROLEUM ZUM BRANDBESCHLEU- NIGEN GEKAUFT HATTE.

IST GUT.

KEINE SORGE. ICH VERSICHERE DIR, DASS ER UNTER KEINEN UMSTÄNDEN FREIGESPRO- CHEN WIRD.

ENTSCHULDIGE, WENN WIR DICH BEUNRUHIGT HABEN.

... NICHT VIELLEICHT DOCH...

OB ICH HERRN AKAZAWA ...

... VON DEM BRIEF ERZÄHLEN SOLLTE?

PASS AUF DICH AUF UND KOMM GUT NACH HAUSE, JA?

JA?

OH, GUT, DASS WIR UNS TREFFEN! ICH WOLLTE MIT DIR SPRECHEN.

HÖREN SIE, MEIN VATER...

KOMUGI YAMASHITA?

... HERR AKAZAWA?

OH, ENT- SCHULDIGEN SIE, KOMME ICH ETWA UNGELEGEN ...

ICH HABE EINE ZEIT LANG MIT DEINEM VATER ZUSAMMEN- GEARBEITET.

ICH...

... HEISSE MINORI SAWATANI.

MELDE DICH BITTE JEDERZEIT, WENN DU ETWAS BRAUCHST, KOMUGI.

NEIN, SCHON GUT.

Und gehen wir dem- nächst doch mal etwas essen.

ICH HABE DEINEN VATER SEHR GE-SCHÄTZT.

ER HAT MIR BEIGE-BRACHT, WAS EINE GUTE POLIZISTIN AUSMACHT.

RUF MICH GERNE AN, FALLS DU ETWAS AUF DEM HERZEN HABEN SOLL-TEST.

HIER, MEINE VISITEN-KARTE!

POLIZEISTATION HIGASHIKAYAMA
ABTEILUNG FÜR KOMMUNALSICHERHEIT
POLIZEIHAUPTMEISTERIN
MINORI SAWATANI

UND BITTE DENK DARAN, DASS AUCH ESSEN UND SCHLAF WICH-TIG SIND, JA?

MANCHES WILL MAN JA VIELLEICHT NICHT MIT ÄLTEREN MÄNNERN BE-SPRECHEN...

DIESER ANWALT SCHIEN IHN WIRKLICH NICHT ZU KENNEN.

OB SICH PAPS AM ENDE NICHT VIELLEICHT VERTAN HAT?

IMMERHIN GIBT'S SOGAR BEWEISE DAFÜR.

WAR ES ALSO DOCH DIESER TOMOYA ENDO?

ICH WÜRDE SO GERN MIT JEMANDEM ÜBER DEN BRIEF REDEN.

ICH GLAUBE, HERRN AKAZAWA UND FRAU SAWATANI KANN ICH SO WEIT VERTRAUEN...

ABER PAPS SAGT, DASS ER ES NICHT GEWESEN IST...

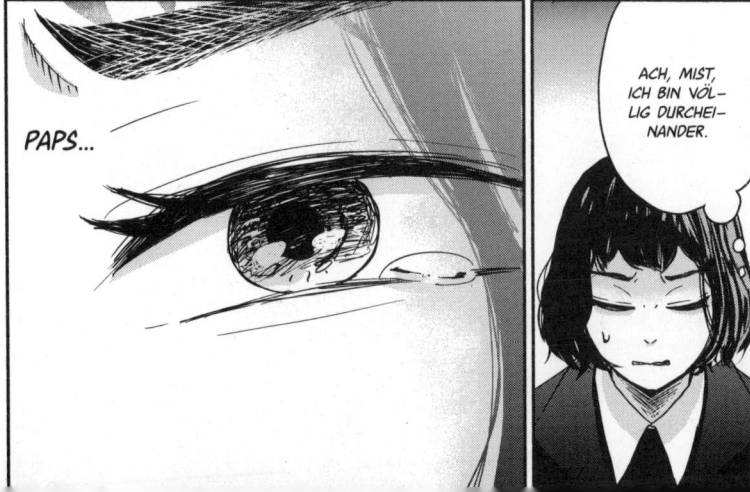

PAPS...

ACH, MIST, ICH BIN VÖLLIG DURCHEINANDER.

... MEINEM PAPS, DER IMMER FÜR MICH DA WAR...

DARF ICH DENN...

... NICHT EINFACH VERTRAUEN?

POLIZEI HIGASHIKAYAMA

GESTRIGE UNFÄLLE

VERSTORBENE — 0
VERLETZTE — 5

VERSTORBENE — 0
VERLETZTE — 1

Kapitel 3: Tanzte der Pfau?

MEIN NAME IST MATSUKA-ZE. ICH BIN ANWALT.

GUTEN TAG, HERR ENDO.

ICH MÖCHTE GLEICH ZUR SACHE KOMMEN...

MAN HAT MICH GEBETEN, MIT IHNEN ZU SPRECHEN.

... UND IHNEN EIN PAAR FRAGEN ZU DEM MORD...
... AN HERRN HARUO YAMASHITA STELLEN.

OHO.

...

!

...

WIE GEHT
ES IHNEN,
SEIT SIE HIER
SIND?

ÄHM...

* POLIZEI HIGASHIKAYAMA

ZUMINDEST WAR ICH MAL BEI IHM.

ABER WAS JETZT?

HFFF

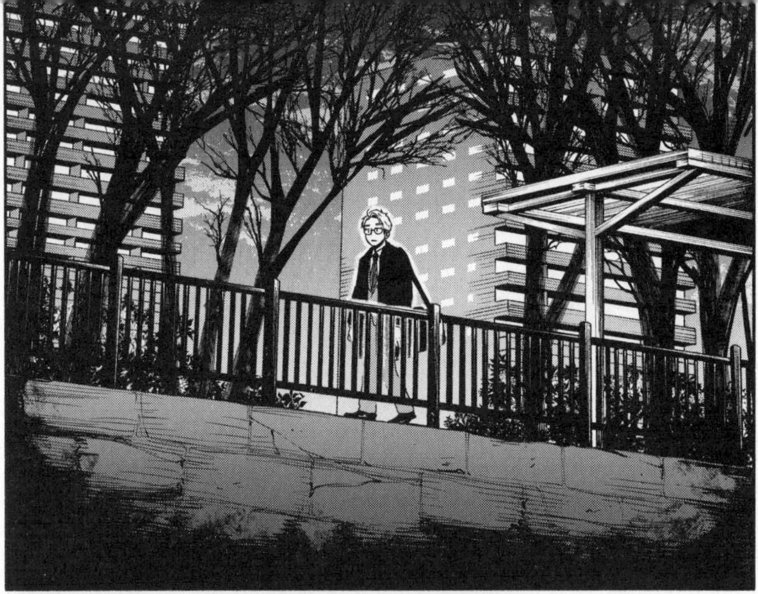

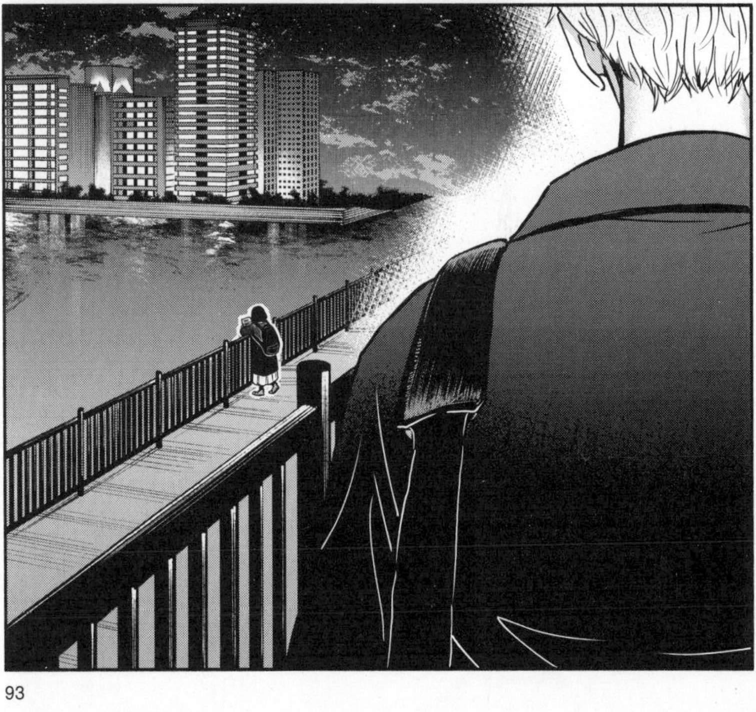

KOMUGI...

ABER DAS IST EIN GROSSES PECH.

WER AUCH IMMER ES WAR...

DENN DAMIT HAT DIESE PERSON DIE CHANCE VERPASST, IHREN FEHLER WIEDERGUTZUMACHEN.

... DENKT JETZT SICHER, DASS ER DAVONGEKOMMEN IST.

UND VOR SICH SELBST KANN MAN AM ENDE NIEMALS DAVONLAUFEN.

WIRKLICH?

Auf welche Weise auch immer.

IRGENDWANN WIRD SIE SICH DER TATSACHE STELLEN MÜSSEN, DASS SIE DIESES HALSTUCH ZERSCHNITTEN HAT.

JA, GANZ SICHER.

ES GIBT DA EINE REDEWENDUNG, UND ZWAR: »WER HAT DEN PFAU IM DSCHUNGEL TANZEN SEHEN?«

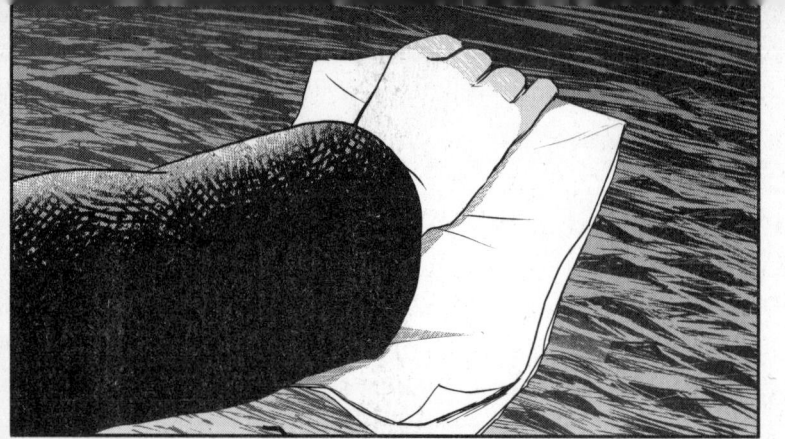

HEY!

STOPP!

GRAPP

ABER IHN IN DEN FLUSS ZU WERFEN IST WOHL AUCH KEINE LÖSUNG.

ICH DACHTE BLOSS, WENN DIESER BRIEF NICHT DA WÄRE...

Dieses Rechtsanwalts ist wirklich nicht nötig.

...

...RECHTS-ANWALT...

HERR MA...

AH...

SIE SAGTEN JA, ICH SOLLE MIR BESSER RUHE UND SCHLAF GÖNNEN.

Entschuldigen Sie mich.

NA GUT, ICH GEH DANN MAL HEIM.

...

HÖR MAL...

Nimmt sie mir das immer noch übel?

ICH WAR GERADE BEI TOMOYA ENDO.

WAPP

BEDAUERLICHERWEISE NICHT SEHR VIEL. TUT MIR LEID.

ER HAT KEINE MEINER FRAGEN BEANTWORTET.

UND WAS HAT ER GESAGT?!

WIESO...

... WAREN SIE NUN DOCH BEI IHM?

DANACH GING MIR DIE SACHE IRGENDWIE NICHT MEHR AUS DEM KOPF.

KEINES DAVON WAR WIRKLICH ÜBERZEUGEND.

ALSO DACHTE ICH MIR, ICH SOLLTE WOHL DOCH EINMAL MIT ENDO SPRECHEN.

NACH UNSEREM GESPRÄCH...

... HABE ICH MIR UNGEFÄHR ZEHN SZENARIEN ÜBERLEGT, WAS DU DAVON HABEN KÖNNTEST, DEN BRIEF ZU FINGIEREN.

HERR AKAZAWA VON DER POLIZEI SAGTE, DASS ENDO OHNE ZWEIFEL DER TÄTER IST.

ICH... BIN MIR INZWISCHEN NICHT MEHR SICHER, WAS ICH GLAUBEN SOLL.

AHA...

... UND VOR ALLEM WÜRDE DOCH DIE POLIZEI SICHER NICHT LÜGEN.

DER BRIEF MEINES VATERS IST EIGENTLICH AUCH SEHR VAGE FORMULIERT...

AUCH POLIZISTEN ... DAS ...CH...

ABER TROTZDEM... MÖCHTE ICH AN MEINEN VATER GLAUBEN.

HNF

...

WENN ES TATSÄCHLICH JEMAND ANDERES WAR, SO WIE MEIN VATER SCHREIBT...

... DANN WILL ICH DIESE PERSON FINDEN!

?

MEIN VATER MAG SIE NUR WILLKÜRLICH AUSGEWÄHLT HABEN...

... ABER WÜRDEN SIE DEN AUFTRAG NICHT VIELLEICHT DOCH ANNEHMEN?

...

DAS IST NICHT SO EINFACH, WIE DU ES DIR VORSTELLST.

WIR SIND HIER NICHT IN EINEM FERNSEHKRIMI. MAN KANN SICH NICHT EINFACH MAL EBEN AUF TÄTERSUCHE BEGEBEN.

ALS LAIE VERFÜGT MAN ÜBER EINEN SEHR BEGRENZTEN HANDLUNGSSPIELRAUM.

AUCH ICH KANN NUR IM RAHMEN MEINER MÖGLICHKEITEN ALS RECHTSANWALT AGIEREN.

NICHT MEHR UND NICHT WENIGER.

ES TUT MIR SEHR LEID, ABER ICH KANN NICHT ...ELF...

MEIN VATER...

... ERZÄHLTE MIR EINMAL VON EINER REDEWENDUNG...

SIE HÖRT ÜBERHAUPT NICHT ZU!

108

»WER HAT DEN PFAU IM DSCHUNGEL TANZEN SE-HEN?«
KENNEN SIE DIE?
ÄH. NEIN…
BEI DEM SPRUCH GEHT ES UM DIE FRAGE, OB DER PFAU IM DSCHUNGEL…
… WIRKLICH GETANZT HAT, WENN IHN NIE-MAND HAT TAN-ZEN SEHEN.

NIEMAND WEISS, OB DER PFAU MITTEN IM DSCHUNGEL, WO IHN KEINER SIEHT, WIRKLICH GE- TANZT HAT.

DIE WAHRHEIT KENNT NUR DER PFAU ALLEIN.

UND AUCH WENN ER SICH SELBST BELÜGT...

... KANN ER DER WAHRHEIT NIEMALS ENT- KOMMEN.

ABER IN- ZWISCHEN...

ICH DACHTE IMMER, DASS MIR MEIN VATER DAS EINFACH ERZÄHLT HÄTTE, UM MICH ZU TRÖSTEN.

ICH WEISS ZWAR NICHT, WAS...

... ABER MÖGLICHERWEISE HAT ER VERSUCHT, SICH DEM ZU STELLEN.

... FRAGE ICH MICH, OB ER VIELLEICHT ETWAS ZU VERBERGEN HATTE.

WARUM HABE ICH DAS NUR NIE BEMERKT?

... STILL VOR SICH HIN GELITTEN HATTE UND DIESE WORTE DAFÜR EIN AUSDRUCK WAREN.

GUT MÖGLICH, DASS MEIN VATER DIE GANZE ZEIT...

... UND DASS MAN DIE CHANCE, SEINEN FEHLER WIEDERGUTZUMACHEN, VERPASST HÄTTE, SOBALD MAN DAVONLIEFE.

ER SAGTE, DASS MAN SICH SELBST NIEMALS ENTKOMMEN KÖNNE...

WENN ICH DOCH NUR AUFMERKSAMER GEWESEN WÄRE, DANN... DANN...

IST MIR ETWA NICHT AUFGEFALLEN, DASS ICH DEN PFAU TANZEN SAH?

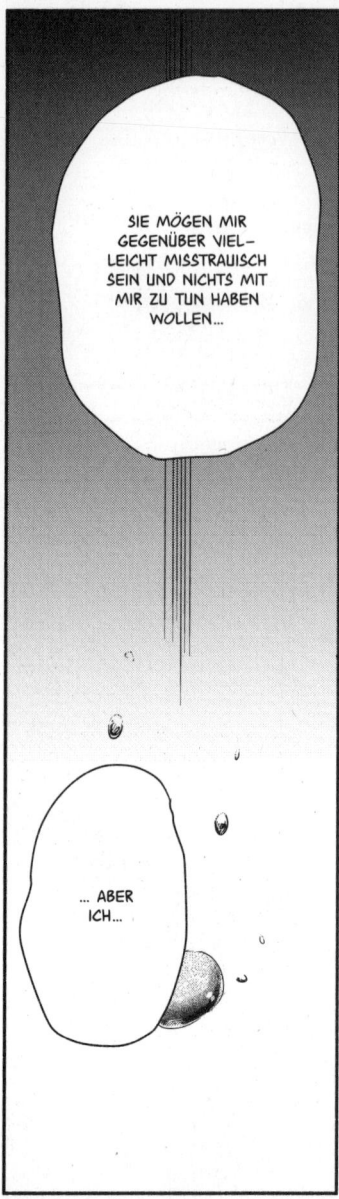

SIE MÖGEN MIR GEGENÜBER VIELLEICHT MISSTRAUISCH SEIN UND NICHTS MIT MIR ZU TUN HABEN WOLLEN...

... ABER ICH...

MICH AN DIESEN BRIEF VON MEINEM VATER ZU KLAMMERN IST DAS EINZIGE, WAS ICH JETZT NOCH TUN KANN.

ABER DIESER GEDANKE KAM MIR VIEL ZU SPÄT.

DARUM BITTE ICH SIE...

... KÖNNEN SIE MIR DENN NICHT HELFEN?

SCHON GUT.

ICH NEHME DEN AUFTRAG AN.

DAS HEISST, SIE HELFEN MIR?

Was rede ich denn da?

ALSO ERWARTE BITTE NICHT ZU VIEL, OKAY?

ABER DAMIT DAS KLAR IST, ICH HABE AUCH NOCH ANDERE FÄLLE.

JA.

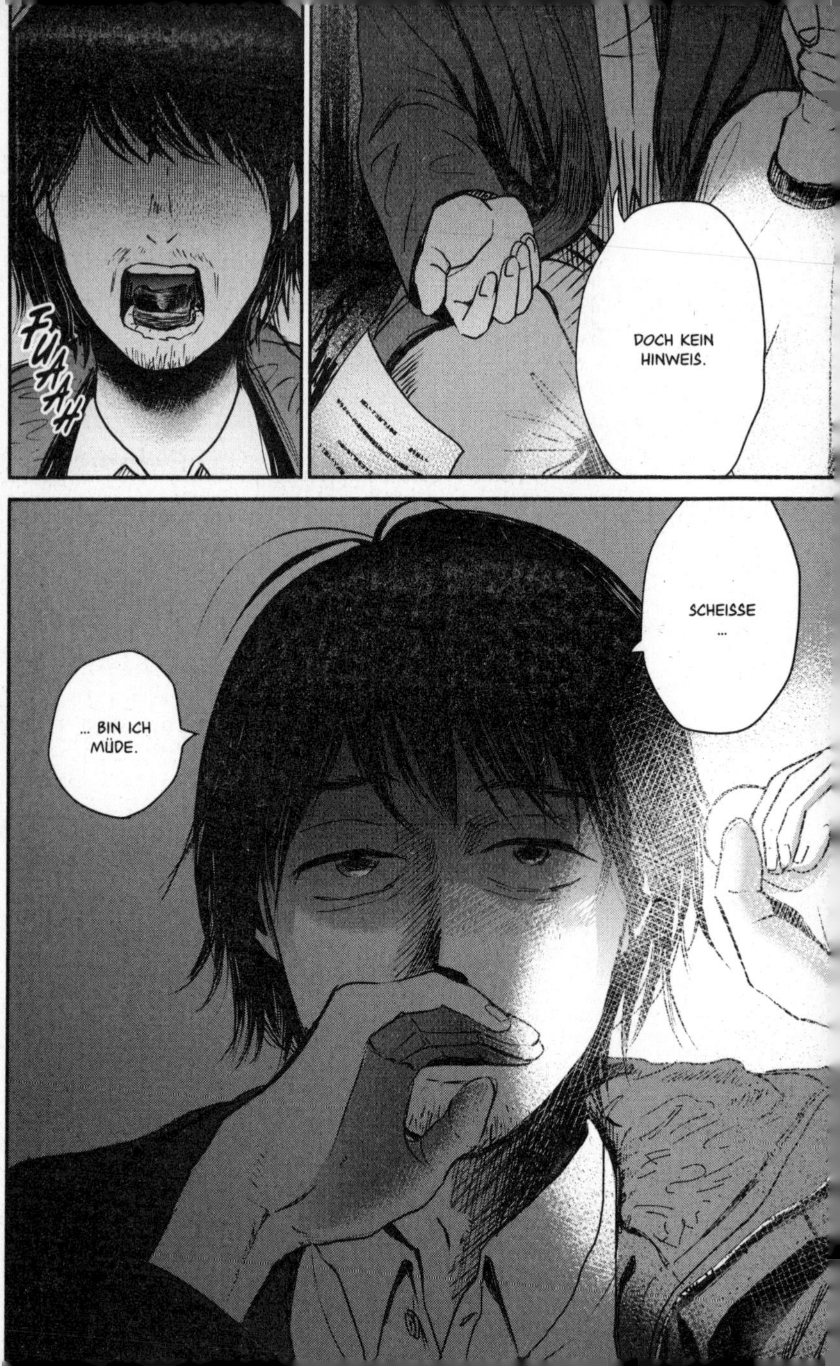
DOCH KEIN HINWEIS.
FUAAAH
SCHEISSE ...
... BIN ICH MÜDE.

Kapitel 4: Tochter ihres Vaters

JA, MACH ICH.

KÖNNTEST DU NÄCHSTE WOCHE ZU UNS IN DIE KANZLEI KOMMEN?

WIR MÜSSTEN DANN DEN AUFTRAG NOCH VERTRAGLICH FESTHALTEN.

Hier.

DU WEISST JA, WO DIE IST.

JA, DANKE.

MELDE DICH, FALLS IRGENDWAS SEIN SOLL— TE.

GUT, DANN NOCH EINEN SCHÖNEN ABEND.

ICH HATTE DIE HOFFNUNG SCHON AUFGE— GEBEN, ABER JETZT ER HAT DIE SACHE DOCH ÜBERNOMMEN!

ICH HAB'S GESCHAFFT, PAPS!

WPP

Hat einen Adrenalin— schub.

DANN BERICHTE ICH.

VIELLEICHT MIT RAMEN VON HERRN SOMEDA? OH JA!

DAS MUSS ICH HEUTE NOCH FEIERN!

OH, ABER VORHER...

OOOOO

GLUCK

... NOCH EIN FOTO VON PAPS.

VIELLEICHT FINDE ICH IRGENDWO...

SCHRIT

123

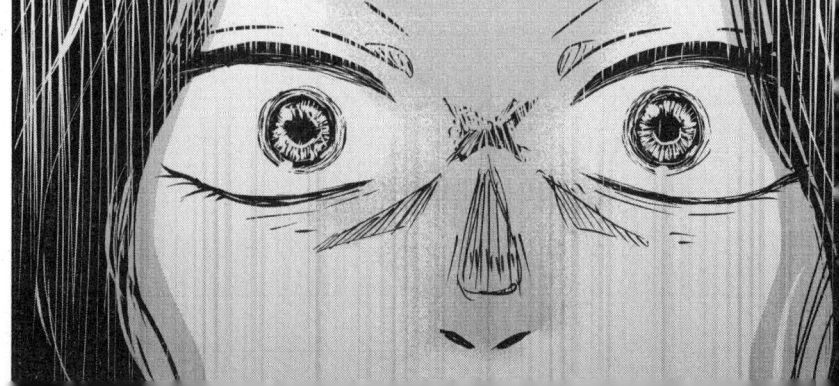

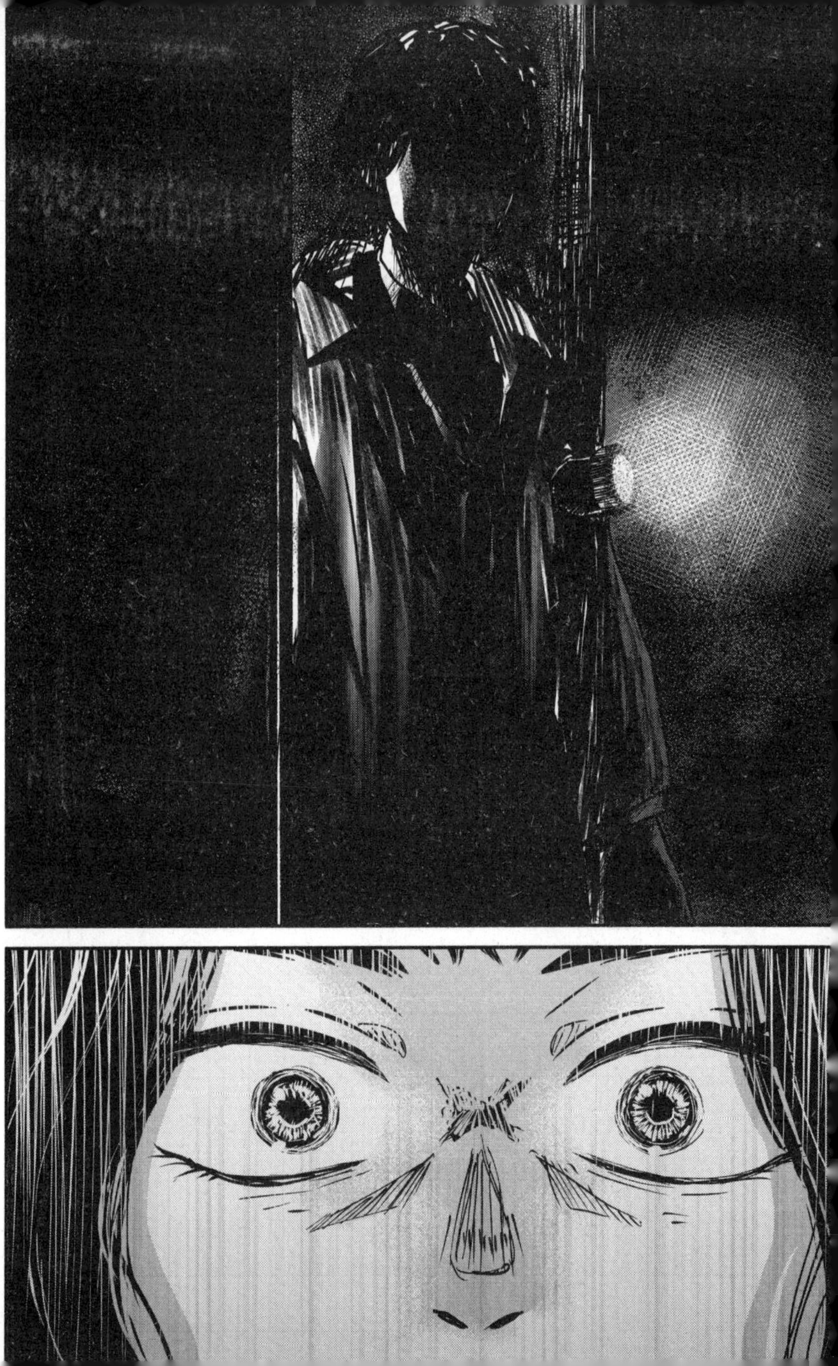

SWUSCH

WARTE!

ER VERFOLGT MICH!

!!

JETZT HÖR DOCH MAL!

HÄ?

ENT-SCHULDIGE BITTE. ICH WOLLTE DIR KEINE ANGST MACHEN.

DU BIST HERRN YA-MASHITAS TOCHTER, ODER?

ICH...

ICH WOLLTE MIT DIR ÜBER DEINEN VATER...

... UND BIN REPORTER FÜR DIE ZEITSCHRIFT »WEEKLY TIMES«.

... HEISSE TAKASHI KAMII...

RATTER

RSCHL

FWUSCH

!

TATATAPP

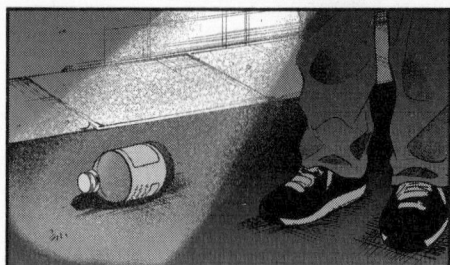

HAT SIE...

... DAS FALLEN LASSEN?

RSCHL

ン

...

... IHN ABGE-SCHÜT-TELT.

EIN GLÜCK. ICH HAB...

HAH

HAH

旬のイス

ICH SOLLTE DAS BESSER MELDEN.

HERR MATSUKAZE GEHT NICHT RAN.

MIST.

HERR AKAZAWA

WAS LÄUFT FALSCH MIT DEM?!

Man marschiert doch nicht einfach in fremde Häuser rein!

ICH DACHTE SCHON, DER BRINGT MICH UM!

BEI EINEM MINIMARKT? UND DIR GEHT'S GUT?

WAS?! EIN REPORTER IST IN EUER HAUS EINGESTIEGEN?

ALLES KLAR. MELDE DICH BITTE, SOBALD DU ZU HAUSE BIST.

BIST DU IN SICHERHEIT, KOMUGI?

JA, ICH WERDE SOFORT JEMANDEN HINSCHICKEN.

ABER WARUM WARST DU ÜBERHAUPT DORT IM HAUS?

WIR VERSUCHEN, MEHR ÜBER DIESEN REPORTER HERAUSZUFINDEN.

ICH, ÄHM... WOLLTE MICH NACH FOTOS VON MEINEM VATER UMSEHEN.

ER HAT SICH VORGESTELLT? KAMII VON DER »WEEKLY TIMES«, SAGST DU? GUT.

ICH WERDE EIN PAAR FOTOS VON IHM AUS DEN ALBEN BEI MIR ZU HAUSE HERAUSSUCHEN.

ICH GEBE SIE DIR, WENN WIR UNS DAS NÄCHSTE MAL SEHEN.

KAMII VON DER »WEEKLY TIMES«, HM?

KOMUGI YAMASHITA

TPP

HFFF

KRK

KOMUGI IST DA!

TERU!

WPP

WIE GEHT ES DIR NACH DER SACHE? ALLES IN ORDNUNG?

HALLO.

ES TUT MIR SEHR LEID, DASS ICH NICHT GLEICH RANGEHEN KONNTE.

IST IRGENDWAS PASSIERT?!

HÖ?! WIE DENN, WAS DENN?!

SCHON GUT, IST OKAY.

DAS HEISST, DER STAND DORT AUF EINMAL VOR DIR?

WAS?! NICHT IM ERNST?!

Der Horror!

JA...

SIE HAT MICH GLEICH ANGERUFEN, ABER ICH HAB ES LEIDER NICHT MITBE- KOMMEN.

SIE WAR BEI IHREM ALTEN HAUS UND FAND DORT EINEN EIN- BRECHER VOR, DER SICH ALS REPORTER HE- RAUSSTELLTE.

Ich erfuhr es, als ich zurückrief.

SORRY.

Pfuhu... Das sieht dir ähnlich.

ICH...

TERU! WIE KONNTEST DU SO EINEN ANRUF VERPASSEN? WAS ZUM GEIER HAST DU GETRIEBEN?!

ICH WAR IN EINEM WELLNESS- BADEHAUS.

SIE SAGTEN, SIE WÜRDEN NACHFOR- SCHUNGEN ZU DEM REPORTER ANSTELLEN.

ICH HABE BEREITS DIE POLIZEI VERSTÄN- DIGT.

FALLS DU NÄCHSTES MAL TERU NICHT ERREICHEN SOLLTEST...

... KANNST DU GERNE MICH ANRUFEN.

ICH MUSS MICH FÜR TERU ENTSCHULDIGEN.

OH, UND ICH HEISSE ÜBRIGENS YUKINOBU HASAMI UND BETREIBE MIT IHM ZUSAMMEN DIESE KANZLEI.

Ihn nennt sie auch schon »Rechtsanwalt«...

IRGENDWIE HAB ICH DAS GEFÜHL, DASS ICH MEHR UND MEHR IHR VERTRAUEN VERLIERE.

Mhm, mhm!

VIELEN DANK, HERR RECHTSANWALT.

DAS WERDE ICH MACHEN.

... BEI MIR KANNST DU DIR GERN DIE HÖFLICHKEITSFLOSKELN SPAREN!

Hab das neulich mitgekriegt.

ICH GLAUBE, DAS MUSS SCHICKSAL GEWESEN SEIN. WIR HATTEN SICHER SCHON IN 'NEM FRÜHEREN LEBEN MITEINANDER ZU TUN.

TERU UND ICH KENNEN UNS SCHON SEIT DER GRUNDSCHULE.

NA, WIE DEM AUCH SEI...

ZORSCH

AH...

ER SAGT DEN SATZ AUCH ZU LEUTEN, DIE ER ZUM ERSTEN MAL TRIFFT?!

WIE DU MEINST.

DANN AUF 'NE GESCHMEIDIGE PARTIE!

DANKE, HERR RECHTSANWALT, ABER LIEBER NICHT.

Bitte, setz dich.

136

HIGASHIKAYAMA-FALL

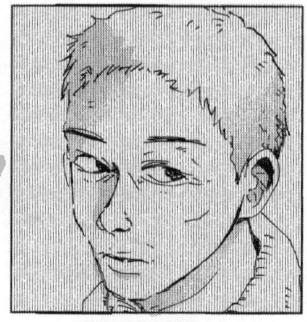

RIKIRO ENDO

Zum Zeitpunkt der Festnahme
40, aktuell 62 Jahre alt

7. Juli 2000:

Yasunari Hayashikawa und [...]
ihrer Kinder sowie Yasunaris [...]
ihrem Haus in Higashikayam[...]
aufgefunden.

24. Dezember 2000:

Der arbeitslose Rikiro Endo, der in [...]
Nachbarschaft der Familie lebt, hohe Schulden
bei Yasunari hat und d[...] als Erster
entdeckt, wird fes[...]
Bei der Festna[...]
Aussage Wiss[...]
Er wird in ers[...]
später aber [...]
vom Höchst[...]
zum Tode ve[...]

HIER
KANNST DU
ES SEHEN.

IN DER TAT
BESCHÄFTIGT UNS
DABEI VOR ALLEM DIE
VERBINDUNG ZWISCHEN
DEM AKTUELLEN UND
DEM HIGASHIKAYAMA-
FALL.

**DIE BETROFFENE
FAMILIE
HAYASHIKAWA**

Eine wohlhabende und in [...]
bekannte Familie. Der Verbl[...] lebenden
jüngsten Tochter Uta (damals unter einem Jahr alt)
ist unbekannt.

NORIKO — AKIHIRO — SATOKO — YASUNARI — UTA — OTO — SOTA

sein Anwalt damals

AKTUELLER FALL

24. Dezember 2022
Im Haus von Haruo Yamashita
bricht ein Feuer aus. Seine Leiche
wird aus dem ausgebrannten
Gebäude geborgen.

Überwachungsbilder ausschlaggebend für Festnahme

Vater & Soh[n]

Tatverdächtiger | **TOMOYA ENDO (33)**

Sohn des im Fall Higashikayama zum Tode Verurteilten
Rikiro Endo. Zum Zeitpunkt des damaligen Verbrechens
11 Jahre alt.

Hass in Reaktion auf Higashikayama-Fall?

1975 Eintritt in den Polizeidienst.
2017 Rentenantritt.
Arbeitet nach seinem Rentenantritt bis
Mai 2022 als zivile Ansprechperson in
einer Nachbarschaftspolizeiwache.

OPFER | **HARUO YAMASHITA (65)**

*An den Ermittlungen im Fall
Higashikayama beteiligt. Verhörte
er Rikiro Endo?*

Herr Yamashitas Haus (Brandort) ➤

*Namen aus Herrn
Yamashitas Brief:*

- *Tatsuo Mikida*
- *Tomoya Endo*
- *Kota Tsujii*
- *Ikumi Hiroshima*
- *Kyoichiro Awayama*
- *Manoka Takahata*

NEBEN TOMOYA ENDO KONNTEN WIR BEREITS ZWEI WEITERE PERSONEN, DIE HERR YAMASHITA IN SEINEM BRIEF ERWÄHNT HAT, IDENTIFIZIEREN.

ZU DEN ANDEREN DREI NAMEN HABEN WIR BISHER JEDOCH KEINERLEI INFORMATIONEN. DA WERDEN WIR JETZT GENAUER NACHFORSCHEN.

... IHN DAVON ZU ÜBERZEUGEN, MICH ALS SEINEN ANWALT ZU BEAUFTRAGEN.

ICH WERDE IHM IN KÜRZE ERNEUT EINEN BESUCH ABSTATTEN UND VERSUCHEN...

SOLANGE ENDO NICHT MIT UNS REDET, SIND UNS MEHR ODER WENIGER DIE HÄNDE GEBUNDEN.

DAS IST ALLES, WAS WIR IM MOMENT WISSEN.

SOLLEN WIR WEITERMACHEN ODER NICHT? WILLST DU DAS WIRKLICH?

ICH FRAGE DICH ZUR SICHERHEIT NOCH EINMAL...

ES IST WEITAUS BESSER, ZEHN KRIMINELLE KOMMEN UNGESTRAFT DAVON...

... ALS DASS EIN UNSCHULDIGER...

... ZU UNRECHT LEIDEN MUSS.

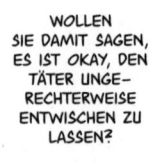

WOLLEN SIE DAMIT SAGEN, ES IST OKAY, DEN TÄTER UNGERECHTERWEISE ENTWISCHEN ZU LASSEN?

MAN MUSS AKZEPTIEREN, DASS DAS BIS ZU EINEM GEWISSEN GRAD UNVERMEIDBAR IST, SONST KANN MAN KEINEN STRAFPROZESS FÜHREN.

EINEN VERBRECHER ENTKOMMEN ZU LASSEN UND EINEN UNSCHULDIGEN ZU VERURTEILEN SIND ZWEI UNGERECHTIGKEITEN, DIE SICH FUNDAMENTAL UNTERSCHEIDEN.

... DIE WAHREN VERBRECHER ZU BESTRAFEN...

... IST EIN RINGEN DARUM...

... ABER EIN STRAFPROZESS...

KANN SEIN...

... UND UNSCHULDIGE ZU VERSCHONEN.

... DASS ES DIR IM MOMENT SCHWERFÄLLT, DAS ZU VERSTEHEN...

Für die Opfer und Verdächtigen wäre das ebenfalls furchtbar.

... DER AUCH NOCH DAZU FÜHRT, DASS DER SCHULDIGE UNGESCHOREN DAVONKOMMT.

... WÄRE DAS EIN NIEMALS WIEDERGUTZUMACHENDER FEHLER...

WENN JEDOCH EINE UNSCHULDIGE PERSON VERURTEILT WIRD...

NATÜRLICH WÜRDEN AUCH WIR UNS WÜNSCHEN, DASS JEDER VERBRECHER FÜR SEINE TAT BELANGT WIRD.

ICH VERSTEHE.

KURZUM, TERU IST BESORGT...

... WEGEN DER SCHMERZLICHEN FOLGEN, DIE DAS ALLES FÜR DICH HABEN KÖNNTE.

UND
ICH BIN DIE
TOCHTER
DIESES MAN-
NES.

MEIN VATER
HAT SICH ALS
POLIZIST BIS
ZUM SCHLUSS
AUS ÜBERZEU-
GUNG FÜR DIE
MENSCHEN
EINGESETZT.

BITTE
MACHEN SIE
SICH UM MICH
KEINE SOR-
GEN.

ER HAT MIR
DIESEN BRIEF MIT
SICHERHEIT HINTER-
LASSEN, WEIL ER
FÜRCHTETE, JEMAND
KÖNNTE ZU UNRECHT
BESCHULDIGT
WERDEN.

... DASS
SIE DEN
AUFTRAG
NOCH ZU-
RÜCKZIEHT.

ICH HATTE
SCHON EIN
FÜNKCHEN
HOFFNUNG...

GUT,
WIE DU
MEINST.

... SAGTE, ER HEISSE TAKASHI KAMII...

DIESER MANN, DER IN UNSEREM HAUS WAR...

ICH MUSS IHNEN AUCH ETWAS SA-GEN.

... UND SEI REPORTER BEI DER »WEEKLY TIMES«.

DER FALL HIGASHI...A

RÄTSELHAFTER FAMILIENMORD AUS DEM J...

...HAFT | UNFÄLLE, VERBRECHEN, GERICHTSVERFAHREN

ICH HAB IHN GEGOOGELT UND FAND HERAUS...

... UND HABE GLEICH BEI SEINEM VERLAG ANGERUFEN.

RECHERCHE & TEXT
TAKASHI KAMII

... DASS ER OFFENBAR ZU DEM HIGASHI-KAYAMA-FALL RECHERCHIERT...

MEHR ANZEIGEN

MAN SAGTE MIR ABER, DASS ER HEUTE ERST NACH 17 UHR IM BÜRO SEIN WIRD.

ER WAR ALLERDINGS NICHT DA.

GLEICH SO ENGAGIERT...

... MÖCHTE ICH NACHHER ZU IHM UND MIT IHM SPRECHEN.

ALSO...

ICH HALTE DAS AUCH FÜR KEINE GUTE IDEE.

HMMM, ICH WEISS NICHT. DU SOLLTEST NICHTS ÜBERSTÜRZEN.

DIE FACKELT JA ECHT NICHT LANG.

ICH FÜRCHTE, DER WIRD NUR AUF BRISANTES MATERIAL FÜR SEINE ARTIKEL AUS SEIN.

DASS ER UNBEFUGT IN FREMDE HÄUSER EINDRINGT, FINDE ICH AUCH SEHR PROBLEMATISCH.

NA GUT...

BLICK

OKAY, KLÄREN WIR KURZ, WIE WIR WEITER VERFAHREN.

JA, DANKE.

ICH MELDE MICH WIEDER.

HAAAAH

TONK

DANN, ÄH... AUF WIEDERSEHEN.

148

HOFFENTLICH NUTZT DER KOMISCHE REPORTERTYP SIE NICHT TOTAL AUS.

OB DAS GUT GEHT?

ICH KANN SIE NUR SCHWER DAVON ABHALTEN, SICH MIT IHM ZU TREFFEN.

Gewarnt hab ich sie allerdings.

ICH HAB SCHON ETWAS ANGST UM SIE...

HERR KAMII WIRD IN KÜRZE HIER SEIN. SIE KÖNNEN DORT DRÜBEN AUF IHN WARTEN.

... WEISS ER VIELLEICHT AUCH ETWAS ÜBER MEINEN VATER.

WENN ER ZUM HIGASHI-KAYAMA-FALL RECHERCHIERT HAT...

HIER IM VERLAG WIRD ER MIR KAUM WAS TUN.

JETZT BIN ICH DOCH HIER.

ES TUT MIR LEID, HERR MATSUKAZE.

ABER ICH MUSS DER SACHE SO-FORT NACHGEHEN. SONST LÄSST ES MICH NICHT LOS UND ICH KRIEG NACHTS KEIN AUGE ZU.

ENTSCHUL DIGE NOCH-MAL WEGEN NEULICH.

HIER GANZ OFFIZIELL MEINE KARTE.

HALLO, DA BIN ICH.

DAS IST ALLES, NACH-DEM ER MIR SO EINEN SCHRECKEN EINGEJAGT HAT?!

HMPF

HÖREN SIE, SIE KÖNNEN NICHT EINFACH UNERLAUBT...

ZUCK

ICH FRAGE GLEICH GANZ DIREKT.

DU BIST GAR NICHT...

... HERRN YAMASHITAS RICHTIGE TOCHTER, ODER?

ABER...

WAS?

ICH BIN DIE TOCHTER VON HARUO YAMASHITA.

DOCH!

Who Saw the Peacock Dance in the Jungle? Band 1 – Ende

Bonus »Matsukaze und Hasamis erste Begegnung«

Yoshi-teru Matsu-kaze

Neun Jahre alt

Vor 25 Jahren in einer Wohn-siedlung

Hallo!

Auf 'ne ge-schmeidige Partie!

Ich heiße Yukinobu Hasami. Wir sind gerade nebeman eingezogen.

Ein herzliches Dankeschön!

Hintergrundzeichnungen:
Arashi Hino, Shogo Matsuura
Beratung: Hiroshi Ichikawa, Riichiro Shiozawa
Recherchenunterstützung: Tadayoshi Suzuki,
Akira Kitani, Mitsumasa Sakurai
An das verantwortliche Redaktionsmitglied K,
die Redaktion von »Kiss«
und natürlich an euch alle, die ihr meinen Manga lest:
Vielem Dank!
Ich hoffe, wir sehen uns in Band 2!

Nov. 202

あさみりと

WER
ERMORDETE
KOMUGIS
VATER?

DER MORD AN EINEM EX-
POLIZISTEN DURCH BRANDSTIFTUNG.
DER HIGASHIKAYAMA-FALL, BEI
DEM SECHS MITGLIEDER EINER
FAMILIE GETÖTET WURDEN.
ZWEI FÄLLE, DIE SICH AUF
DRAMATISCHE UND KOMPLEXE
WEISE ÜBERSCHNEIDEN.

WHO SAW THE PEACOCK DANCE IN THE JUNGLE?	
BAND 2	VORAUSSICHTLICH AB MAI 2025 IM HANDEL

Folge den Wolken nach Nord-Nordwest

AKI IRIE

Ein junger Japaner namens Kei Miyama lebt in Island und hat drei Geheimnisse: er kann mit Autos reden, er hat eine Schwäche für hübsche junge Frauen... und er ist Detektiv von Beruf! Ein verträumter Island-Krimi völlig neuer Art von Aki Irie!

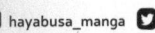

Naoki Urasawa

►MONSTER◄

MONSTER PERFECT EDITION
Band 1
428 Seiten, 14,5 X 21 cm
€(D) 20,– | €(A) 20,60
IN 9 BÄNDEN ABGESCHLOSSEN

Doppelbände
im **Großformat**
in verbesserter
Bildqualität und mit
neuen Farbseiten

Mörderjagd in Deutschland

Der mehrfach prämierte
Manga-Thriller von Max-und-Moritz-
Preisträger Naoki Urasawa!

Düsseldorf 1986... Der brillante Neuro-
chirurg Kenzo Tenma praktiziert an der
Eisler-Klinik und hat eine strahlende
Zukunft vor sich. Über die Entscheidung,
ob er lieber das Leben eines Jungen
oder das des Bürgermeisters retten soll,
verliert er fast alles, was ihm lieb ist: seine
Verlobte, seine Karriere und seinen sozialen
Status und obwohl er die Entscheidung
für richtig hält, fangen für ihn die Probleme
damit erst an! Denn als er es mit den
Unbillen der Krankenhaus-Politik und
Serienmorden zu tun bekommt , wird er in
eine große Verschwörung verstrickt...

www.carlsenmanga.de

MORIARTY THE PATRIOT

Story von
Ryosuke Takeuchi

Zeichnungen von
Hikaru Miyoshi

DIE GESCHICHTE DES GENIALEN RIVALEN VON SHERLOCK HOLMES

Paperback, sw/vierfarbig, 210 Seiten, 14,5 x 21 cm
€(D) 9,99 | €(A) 10,30

DIE MANGA-ADAPTION
DER BELIEBTEN BBC-SERIE

Der Militärarzt John Watson kehrt verwundet aus dem Afghanistankrieg nach London zurück. Auf der Suche nach einer bezahlbaren Wohnung lernt er den schrägen Sherlock Holmes kennen. Kurzentschlossen zieht Watson zu Holmes in die 221B Baker Street.

Kurz darauf ereignet sich eine merkwürdige Reihe von Todesfällen, zusammenhängende Selbstmorde, wie von Detective Inspector Lestrade vermutet wird. Sherlock wird als inoffizieller Berater der Polizei hinzugezogen und dieser zieht Watson hinzu, da er den Forensiker der Polizei hasst. Der Tatort ist ganz in Pink gehalten und bietet eindeutige Hinweise auf einen Serienmord …

STOPP!

Who Saw the Peacock Dance in the Jungle?

...st eine japanische Serie, ...ie originalgetreu von ...hinten« nach »vorne« ...nd von rechts nach links ...elesen wird. Das lernt ...an ganz schnell!

Wir wünschen spannende Unterhaltung mit WHO SAW THE PEACOCK DANCE IN THE JUNGLE?

Carlsen Manga! News – jeden Monat neu per E-Mail!
www.carlsenmanga.de · www.carlsen.de

CARLSEN MANGA
Deutsche Ausgabe/German Edition
© 2025 Carlsen Verlag GmbH, Völckersstraße 14-20, 22765 Hamburg
Aus dem Japanischen von Martin Bachernegg
KUJAKU NO DANCE, DARE GA MITA? © 2022 Rito Asami
All rights reserved.
First published in Japan in 2022 by KODANSHA Ltd., Tokyo
Publication rights for this German edition arranged
through Kodansha Ltd.
Redaktion: Patricia Janzen
Produktionsmanagement: Celina Wendt
Alle deutschen Rechte vorbehalten.
ISBN: 978-3-551-80327-6

FSC
MIX
Papier | Fördert
gute Waldnutzung
www.fsc.org   FSC® C083411

Wir produzieren
nachhaltig
· Klimaneutrales Produkt
· Papiere aus nachhaltigen
  und kontrollierten Quellen
· Hergestellt in Europa